나란 존재가 무엇인지 혼란스러운 사람을 위한 책

오늘 갑자기 나란 존재가 무엇인지 혼란스러운 사람에게

어느 오후 스쳐지나는 바람이 들려주는 이야기

프리드리히 지음

지성과문학

오늘 갑자기 나란 존재가 무엇인지 혼란스러운 사람에게

어느 오후 스쳐지나는 바람이 들려주는 이야기

나란 존재가 무엇인지 혼란스러운 사람을 위한 책

오늘 갑자기 나란 존재가 무엇인지 혼란스러운 사람에게

어느 오후 스쳐지나는 바람이 들려주는 이야기

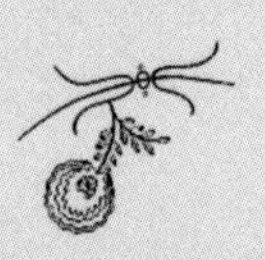

Friedlich

지성과문학

✻ 오늘 갑자기 나란 존재가 무엇인지 혼란스러운 사람에게

오늘 갑자기 나란 존재가 무엇인지 혼란스러운 사람에게

어느 오후 스쳐지나는 바람이 들려주는 이야기

1. 존재는 죽음과 함께 소멸하는가

✲ 오래된 거짓말

존재를 잃으면 모든 것을 잃는다. 두려운 일이다.
존재를 위해 할 수 있는 모든 것을 해야만 한다.

그러나 우리 주위는 죽음이 없애지 못하는 것들 투성이이다.
초조해 할 필요 없다.
존재는 과장되어 있거나, 거짓이다.

✻ 어느 오후 스쳐지나는 바람이 들려주는 이야기

조금 시간을 두고 생각해 보면
존재를 잃어도 모든 것을 잃는 것은 아니다.

존재는 소멸하는 것이 아니라, 시간 속으로 용해해 들어가는 것이다.
존재 소멸의 순간은 세상에 더는 용해할 아무것도 없는 순간이다.

존재는 세계로부터 우연성과 필연성의 원인에 의해 탄생하고
서서히 세계로부터 받은 것들을 되돌려 준다.
존재는 소멸하더라도
그 시간 속 흔적은 하나도 빠지지 않고 세상에 돌려준다.
물에 그림자가 빠져도, 옷은 젖지 않는다.
죽어도 죽지 않는 것이 있는 법.
아무것도 남는 것 없다고 두려워할 것 없다.

우리의 하루하루는 모두, 바람 속에 저장된다.
혹시 기억 속에서 사라져도, 어느 봄날 오후 그대로 돌려줄 것이다.

나란 존재는 죽음으로 모두 사라지는 것인지 혼란스럽다.
육체야 사라지겠지만
육체와 관계없는 정신은 바람 속에 남아 있지 않겠는가.
무언가를 깨닫고 누군가를 사랑한 그 마음은
허공 바람에 춤추며 머물다가
어느 젊은 육체를 빌려 다시 부활할 것이니
오늘도, 죽음의 벽을 통과하는 나를 위해
무심히 하지만 흥겹게 살아가는 것이 좋지 않겠는가.

오늘 갑자기 나란 존재가 무엇인지 혼란스러운 사람에게

우리의 하루하루는 모두, 바람 속에 저장된다.

2. 존재는 시간에 부자유한가

✲ 오래된 거짓말

존재는 현재에만 실존한다.
과거와 미래에서의 실존 불가함을 생각하면 그럴 수밖에 없다.

오랫동안 조금의 의심도 없었다.
그러나 어느 날, 과거와 미래의 존재 또한 분명한 존재로서 삶에 드러났다.
존재의 현재 유일성은 거짓이다.

2. 존재는 시간에 부자유한가

✲ 어느 오후 스쳐지나는 바람이 들려주는 이야기

존재는 현재에만 실존하는 것은 아니다.
시간의 결정성은 부정될 수 있다.

과거는 현재에 의해 재창조할 수 있고
미래는 현재에 의해 결정할 수 있다.

우리는 과거에 존재할 수 있고, 미래에도 존재할 수 있다.
그들을 현재에 의해 변화시킬 수 있기 때문이다.
과거 물컵을 들었던 목적을 지금 바꾸어 결정할 수 있고
미래 물컵을 들고 있는 나를 현재 행위로 미리 결정할 수 있다.
과거가 고정되지 않고, 미래가 불확실하지 않다면
현재에 너무 겁먹어, 위축될 필요 없다.
모든 존재는 언제든 시간을 부수고 재탄생할 수 있다.
이렇게 존재는 아주 조금은 시간에 자유로울 수도 있다.

어제의 우리도, 내일 있을 우리도, 오늘 우리의 의지가 새롭게 결정한다.

오늘 갑자기 나란 존재가 무엇인지 혼란스러운 사람에게

나는 현재에만 존재하는
부자유한 존재가 아니다.
나는 과거 존재, 현재 존재, 미래 존재가 공존하는
통합 복합체이다.
내가 어떤 모습으로 존재할지는
현재의 의지가 결정한다,
존재는 시간에 자유로울 수 있다.

어제의 우리도, 내일 있을 우리도, 오늘 우리의 의지가 새롭게 결정한다.

3. 존재는 우열이 있는가 -1

✽ 오래된 거짓말

인정하기는 싫지만, 존재에 우열이 있을지 모른다.
너무도 다른 삶들이 태연히 우리 앞에 펼쳐져 있기 때문이다.

그러나 그 가장(假裝)의 무대 뒤에는 모두 초라한 모습뿐이다.
존재의 우열은 한때일 뿐. 거짓이다.

✻ 어느 오후 스쳐지나는 바람이 들려주는 이야기

우리는 초라하다. 우리는 즐겁다. 우리는 명예롭다.
그러나 모두 때때로의 일이다.

존재의 우열은 항상 일시적이다. 그렇게 마음 쓸 것 없다.
지금 초라하더라도 몇 년 후면, 모두 다른 이야기가 된다.

자신이 앞서있다고 생각되면 걸음을 멈추고 사람들과 같이 가는 것이 좋다.
너무 앞서 가면 길을 잃고 헤매다 결국 추락할 것이다.
뒤처져 있어도 너무 서두를 필요 없다.
사람들이 어쩔 수 없이 기다려 줄 것이기 때문이다.
존재의 우열은 어리석은 자들의 자기도취를 위한 도구일 뿐이다.
그들은 그냥 내버려 두면 된다.
시간이 알려줄 것이다.

지위, 명예, 미, 기억력, 직업, 돈, 지식 같은 것으로 자신이 우월해 보인다면
그것은 오히려 자신이 열등한 이유이다.

너무 앞서가면 길을 잃고 헤매다 추락할 뿐이다.
비슷해야 내 옆에 사람들이 있다.
내 실력과 노력으로 앞서간다고 해도
사람들은 겉으로 감탄하는 듯싶지만, 속으로는 비웃을 뿐이다.
자신이 뒤처지는 것을 인정할 수 없기 때문이다.
이처럼 타의에 의해, 존재에는 우월이 있을 수 없다.
착각 말라.

존재의 우열은 어리석은 자들의 자기도취를 위한 도구일 뿐이다.

4. 존재는 우열이 있는가 -2

✽ 오래된 거짓말

존재에는 우열이 있다. 운명이 그 우열을 만든다.
그러나 문제 될 건 없다. 극복할 수 있는 문제이다.

천진스럽게도 존재에는 우열이 있고
그것을 우리 노력으로 극복해야 하는 것으로 생각했다.
모두 오래된 거짓이다.

✱ 어느 오후 스쳐지나는 바람이 들려주는 이야기

처음부터 모든 존재는 다르지 않다는 것을 아는데
우리 인생 대부분 시간이 소모될 수도 있다.
결국은 모두 알게 되는 사실임에도 불구하고
자신이 슬픔에 잠긴 약자가 될 때까지 잘 인정하지 않는다.
우리 모두, 아주 조금씩 가지고 있는
[강자가 되기 위한 금화]를 포기하기 싫기 때문이다.

모두가 동일하다는 것을 알지 못하면
결국 우열을 만들려 할 것이고
이것이 모두를 끝까지 괴롭힐 것이다.

그래도 다행인 것은 그것을 알고 또 행하는 것이
그렇게 어렵지는 않다는 것이다. 모르는 척하지만 않는다면.

존재에는 우열이 없다. 우리 모두가 최고이자 최저이다.
있다면, 그 우열은 두 그루 소나무 차이 같은 것이다.

오늘 갑자기 나란 존재가 무엇인지 혼란스러운 사람에게

모두 강자가 될 수 있는 금화 몇 닢쯤은 가지고 있다.
이 금화를 써서 강자가 되어 보려고 일생을 허비한다.
하지만 일생을 모두 허비해도 강자는 될 수 없고
혹시 강자가 된다 해도 그것으로 사흘도 버티지 못한다.
자신이 조금 잘하는 것, 조금 뛰어난 것이 있다고
일생을 허비해 강자로서 세상을 잠깐 호령하려 하지 말고
평생을 보통 사람으로 정답게 살아가라.

존재의 우열은 두 그루 소나무 차이 같은 것이다.

5. 존재는 가벼운가, 무거운가

✽ 오래된 거짓말

어느 날, 존재는 바람에 날릴 것 같이 가볍다.
그날은 존재의 모든 것이 자유롭게 느껴진다.

그러나 어느 날은 존재가 큰 바위 같아서 한 걸음도 움직이기 어렵다.
존재의 모든 것이 억압받기 때문이다.
'이렇다 저렇다' 하는 결정론적 생각은 둘 다 거짓이다.

오늘 갑자기 나란 존재가 무엇인지 혼란스러운 사람에게

5. 존재는 가벼운가, 무거운가

✻ 어느 오후 스쳐지나는 바람이 들려주는 이야기

존재는 가볍지도, 무겁지도 않다.
우리는 아주 자유롭지는 않지만, 항상 억압 속에 있는 것도 아니다.

중력이 작용하지 않는 곳에서, 무게는 그 의미를 잃는다.
중력의 망령에서 벗어나면, 존재의 무게는 동일하다.

좋고 싫음, 크고 작음, 옳고 그름, 좋고 나쁨과 같은
분별, 구분에서 발생하는 무게에 의한, 중력의 망령에서 벗어나면
그것을 이루려는 노력과 투쟁 속에서 존재의 무게에서 벗어날 수 있고
모든 이들과 시선을 조금은 맞출 수 있다.
우리 모두 조금도 다를 바 없고, 그러니 모두 비슷하게, 정답게 살아가면 된다.
그리고 이를 위해 하루하루 조금씩 걸어가면 된다.
이는 어차피 죽음이 가까워 지면, 그가 가르쳐 줄 것이긴 하다.
자신이 조금 나아 보여, 사람들과 시선을 맞추기 싫거나 힘들다면
아직 중력의 망령에 사로잡혀, 생각의 미숙함을 벗어나지 못했다고 생각하면 된다.

존재가 가볍다는 것은 억압으로부터 자유롭다는 것이다.
이는 우리가 어떤 상황에 있든 공평한 기회를 준다.

오늘 갑자기 나란 존재가 무엇인지 혼란스러운 사람에게

존재는
공기처럼 자유롭고 가벼운 것.
무쇠처럼 속박되어 무거운 것.
존재는
공기처럼 솔직하고 투명한 것.
무쇠처럼 애매하고 막연한 것.
존재는
삶에 대한 중력으로 결정되는 것.
삶에 대한 시선으로 결정되는 것.

오늘 갑자기 나란 존재가 무엇인지 혼란스러운 사람에게

중력이 작용하지 않는 곳에서, 무게는 그 의미를 잃는다.

6. 존재는 어떤 색인가

✲ 오래된 거짓말

존재는 화려한 붉은빛이기도 하고, 우울한 회색빛이기도 하다.
물론, 화려하게 채색되지 않으면 그 모습이 잘 드러나지 않는다.

그러나 어떤 색으로도 존재를 표현하기에는 항상 무언가 부족하다.
단순한 색은 오류임이 틀림없다.

✽ 어느 오후 스쳐지나는 바람이 들려주는 이야기

기쁨, 슬픔, 분노, 우울. 감성은 존재에 색깔을 부여한다.
감성이 없다면, 존재는 단조로운 흑백의 색조를 띨 것이다.

충만한 감성은 존재를 투명하게 한다.
감성은 존재가 가진 결정성을 파괴하고
존재를 보이지 않게, 세상에 녹아들게 한다.

자신이 잘 보이지 않으면, 감성이 충만한 [자유 상태]라고 생각하면 된다.
자신이 보이면 감성이 억압된 [부자유 상태]이다.
자신의 색이 있다고 자랑할 것 없다.
오래지 않아 색은 바래고 초라하게 될 것이다.
어떠한 경우에도, 너무 자신의 색을 고집하려 할 것 없다.

자신의 색이 보이면 평정 속에서 자유롭기 어렵다.
자신이 드러나기 때문이다.
돌이키려면 시간이 걸린다.

존재에는 색이 없다.
때로는 쾌활한 웃음, 때로는 회색빛 우울.
때로는 사려 깊은 겸손, 때로는 경솔한 자만.
존재는 백색도, 회색도, 청색도, 녹색도 아니다.
자신의 개성과 색깔은
오히려 자신을 가려 숨겨 버린다.
진정한 나는
자신이 그대로 드러나도록 하는 투명한 존재.
당신에게 개성과 색이 있다면 그것은 당신이 아니다.

자신의 색이 있다는 것은 자랑할 일이 아니다.

7. 존재는 그렇게 허무하게 사라지는가

✲ 오래된 거짓말

존재는 생각과 감정을 담는 의미 없는 껍질이다.
하루하루 표정을 달리하다 어느 날, 사라져 간다.

그러나 이렇듯 허무한 존재는 분명 우리 전부이기도 하다.
존재의 허무함은 아무래도 인정하기 어렵다.
존재의 사라짐은 거짓이다.

오늘 갑자기 나란 존재가 무엇인지 혼란스러운 사람에게

✲ 어느 오후 스쳐지나는 바람이 들려주는 이야기

우리가 존재한 사실은 사람들의 기억에서 사라질 뿐
영원히 사실로써 존재한다.
사람들 기억에 너무 연연해 할 것 없다.

시간은 선한 미소를 기억한다.
오늘 작은 선함이 바람(風) 속에 남아, 영원을 관통할 것이다.

바람은 우리가 약자인지, 강자인지는 기억하지 않는다.
오래된 바람이 기억하는 것은 우리의 선한 미소, 그리고 즐거움이다.
아무리 좋은 것을 많이 가지고 있어도
바람은 그들을 모두 거두어, 망각의 강 속으로 흩뿌린다.
슬픈 일이 있어도 너무 슬퍼할 필요 없다.
바람은 우리 고통과 절망을 모두 거두어 주기 때문이다.
이렇게 우리는 존재의 허무를 거부한다.
시간 속에 분명히 각인되어 있기 때문이다.

오늘 선한 미소가 우리를 영원히 존재하게 할 것이다.

존재는 사라지지 않는다.
걱정하지 않아도 된다.
그러니 물론 두려워도 해야 한다.
자신의 모든 것은 시공간 속에 남아 떠돌 테니 말이다.
지금 한 마디 말해보라.
그 말은 우주 저편까지 시간 너머 영원히 떠돌 것이다.
내가 가진 것은 모두 사라져도
내 사소한 말 한마디도 시간 속에서 영원히 존재하리니.

오늘 갑자기 나란 존재가 무엇인지 혼란스러운 사람에게

시간은 선한 미소를 영원히 기억한다.

8. 존재가 드러내는 것들은 유인가 무인가

✻ 오래된 거짓말

우리는 '존재하거나 존재하지 않거나'를 선택해야 한다.
이렇게, 유와 무는 확실하게 분리될 수밖에 없다.

그러나 어느 날은, 눈앞 존재가 분명히 유무를 모두 포함했다.
유무(有無)의 확실한 분리는 거짓이다.

✲ 어느 오후 스쳐지나는 바람이 들려주는 이야기

존재는 우리의 시선으로 탄생되는 것이다.
그는 있다, 없다를 반복한다.
존재는 우리가 탄생시키고, 우리가 소멸시킨다.
존재는 항상 이중성을 가진다.

같은 존재가 선(善)이고 또 선이 아니다.
같은 존재가 진실이고 또 진실이 아니다.

이는 누구나 항상 경험하는 일이다.
자신이 확실히 맞는다고 생각하지 않는 것이 좋다.
물론 틀렸다고 생각할 필요도 없다.
우리 모두, 조금 어렵다고 느끼지만
존재가 드러내는 것들을 분별하고 구분하는 것을 [과감하게] 멈출 때
비로소 존재가 깊이 숨겨진 자신의 모습을 드러내고, 조금은 마음 편안해진다.

존재는 항상 숨어 있다.
용기를 내어 무엇인가 시도할 때만 존재가 모습을 드러낸다.
시선의 차이일 뿐이다.

오늘 갑자기 나란 존재가 무엇인지 혼란스러운 사람에게

나는 있다가 없다가를 진동하면서 나아가는 빛과 같은 존재이다.
존재를 드러내는 것은 유(有)이지만 무(無)도 동일하게 나를 드러낸다.
내 무(無)의 증거는 사랑하는 사람들의 눈 속에 존재한다.
그들 눈에 있는 나는 보통의 나와는 다른 존재이다.
그것은 그들이 사랑하는 나이고 그들이 즐거워하는 나이며
그들이 그리워하는 그리고 그리워할 나이다.

존재는 우리의 시선으로 비로소 탄생하는 것이다.

9. 존재로부터의 탈출은 가능한가

✻ 오래된 거짓말

존재로부터의 이탈은 곧 죽음이다.
그러므로 물론, 존재의 보존이 생의 우선 목표이다.

존재를 위해, 우리 삶의 목표도 어느새 회색빛으로 변해간다.
그러나 거짓말이었다.

✻ 어느 오후 스쳐지나는 바람이 들려주는 이야기

존재는 우리가 최선의 정신과 영혼을 가질 수 있도록 유지하기 위한 도구이다.
존재는 중요하다.
존재로부터의 탈출은 언뜻 불가능해 보인다.
그러나 우리는 항상 존재를 떠나 있다.
존재는 우리가 잠시 쉴 때 들르는 작은 공간일 뿐이다.
우리는 존재를 위해 하는 일을 최소화한다
존재를 보존하기 위해, 오랜 게으름과 지나친 쾌락을 위해,
허비했던 시간은 우리를 조금 낙담케 한다.

우리가 추구해야 할 것은 개별 존재 밖에서
세상을 품고 있는 보이지 않는 [생각의 통합체]이다.

자신의 존재와 타자를 위한 삶 중, 그 비중은 후자가 월등하다.
어차피, 통합체에서는 자신보다 타자가 훨씬 더 많기 때문이다.
그리고 그것이 우리가 다른 피조물과 조금 다를 수 있는 유일한 방법이다.
우리는 지금보다는 조금 더 선한 세상을 기다린다.

존재로부터 탈출하면 세상은 너무도 넓다. 그리고 항상 밝다.
햇빛을 가릴 것이 더는 없기 때문이다.

오늘 갑자기 나란 존재가 무엇인지 혼란스러운 사람에게

존재로부터 탈출하면
좋은 옷도 좋은 집도 좋은 음식도 필요 없다.
좋은 옷, 좋은 집, 좋은 음식이 필요 없으면
좋은 관계, 좋은 가치, 좋은 철학으로 눈길을 돌릴 수 있다.
좋은 관계, 좋은 가치, 좋은 철학으로 눈길을 돌리면
좋은 아이, 좋은 친구, 좋은 사람이 눈에 들어 온다.

오늘 갑자기 나란 존재가 무엇인지 혼란스러운 사람에게

존재는 우리가 잠시 쉴 때 들르는 작은 공간일 뿐이다.

10. 존재와 무는 서로 대립하는가

✽ 오래된 거짓말

존재와 무는 대립한다.
있음과 없음으로 구분되어, 삶은 슬프고 허무하다.

우리는 오랫동안 그 슬픔과 허무함에 방황하고, 결국 인정할 수밖에 없다.
하지만, 결국은 드러나는 거짓이다.

오늘 갑자기 나란 존재가 무엇인지 혼란스러운 사람에게

✻ 어느 오후 스쳐지나는 바람이 들려주는 이야기

어느 날인가, 정숙한 오후 햇살 아래, 둘은 대립을 풀기도 한다.
그것이 그렇게 중요해 보이지 않을 때이다.
가난과 부, 사랑과 무관심, 죽음과 삶.
이 모두가 항상 서로 대립하는 것은 아니다.
있음과 없음 있지 않음 이 대립을 풀면, 드디어 무(無)가 조금 모습을 드러낸다.

무(無)는 있음(有)의 대립체가 아니라
있음과 없음을 구분하지 않을 때,
새롭게 탄생하는 독립적 양태이다.

권력, 명예, 부, 우정, 즐거움, 노여움, 분노, 기쁨, 희망.
무는 이 모든 우리 삶에 적용된다.
[있으나 없으나], [가지나 가지지 못하나], [슬프거나 기쁘거나]
대립을 조금씩 풀어가면, 조금씩 자유롭다.

무에 도착하면 상심에서 자유롭다.
그럴 수밖에 없다.
누구나 이를 알지만, 그곳에 도달하기가 만만치 않다.

존재가 혼란스러운 것은 무(無)때문이라 착각한다.
이는 내 존재가 무로 인해 무너져 내릴 것이라 생각하기 때문이다.
존재가 파괴되고 썪어가는 것은 두려운 일이다.
이는 존재와 함께 무도 사라질 것이라 생각하기 때문이다.
하지만, 무는 존재와 반존재 사이의 새로운 존재이며
존재와 무관한 나의 새로운 양태이다.

무(無)는 있음(有)의 대립체가 아니라
있음과 없음을 구분하지 않을 때
새롭게 탄생하는 독립적 양태이다.

11. 우리는 존재의 이유를 찾아야 하는가

✲ 오래된 거짓말

존재는 어떤 원인에 의해 탄생하고
그것이 사라지면 존재도 소멸한다.
우리는 모두 각자 존재의 이유를 찾아야 한다.

이것이 우리를 초조하게 한다.
그러나 그 원인과 결과를 통합하는 다른 시선도 존재한다.
존재 인과의 굴레는 벗어날 수 있다.
인과는 거짓이다.

오늘 갑자기 나란 존재가 무엇인지 혼란스러운 사람에게

✲ 어느 오후 스쳐지나는 바람이 들려주는 이야기

원인과 결과의 쳇바퀴를 멀리서 볼 수 있다면
그로부터 조금 벗어날 수 있다.
이는 초조함으로부터 우리를 구출한다.

원인도 존재이고 결과도 존재이다.
존재는 그 원인, 그 이유를 가질 때
억압적 경계를 벗어나지 못한다.

존재의 이유, 생존의 이유를 만들려 할 필요 없다.
우리가 그 정도로 특별한 존재는 아니다. 그것이 더욱 존재를 억압한다.
존재의 굴레를 벗어나려면, 할 수 없이 존재의 이유를 벗어날 수밖에 없다.
존재를 벗어나는 방법에 대해서는
위대한 철학자가 아니더라도, 우리 모두 잘 알고 있다.
어렵지 않다. 우선, [존재를 위한 욕망]으로부터의 탈출이다.
그것을 이기지 못해, 모른 척하고 있을 뿐이다.

살아야 할 이유가 없으면 죽음도 두렵지 않다.
그런데 살아야 할 이유를 너무 많이 만든다. 대부분 쓸모없다.

우리는 꼭 살아야 하는가.
사랑하는 사람을 꼭 봐야 하는가.
아름다운 고향 마을 길을 걷고 싶은가.
정겨운 친구들과 이런저런 이야기 나누며 장난치고 싶은가.
무언가 대단한 것인 듯 생각하는 삶의 목표를 꼭 이루어야 하겠는가.
어짊, 선함, 배려, 사랑, 정의, 자유, 평등, 이런 것들 꼭 이루어야 하겠는가.
그냥 오늘 아침 안개를 보고, 점심 해를 느끼며, 저녁 친구들과 담소 나누다가
내가 누군지도, 언제 죽을지도, 왜 사는지도, 무엇을 이루었는지도 모른 채
오늘을 따뜻한 미소로 보내면 그뿐이지 않겠는가.
우리는 내일을 꼭 살아야 하겠는가.

오늘 갑자기 나란 존재가 무엇인지 혼란스러운 사람에게

살아야 할 이유가 없으면 죽음도 두렵지 않다.

12. 우리는 존재에 대해 무엇을 알고 있는가

✲ 오래된 거짓말

존재는 숨겨진 진실을 모두 드러내고 있다.
눈에 보이는 데, 그 비밀을 모를 이유가 없다.

이것이 우리를 고집스럽고 나태하게 한다.
그러나 누군가 [나]에 대하여 물었을 때, 우리는 침묵할 수밖에 없다.
우리가 아는 것은 대부분 불명확한 오류이기 때문이다.
우리가 보는 존재는 모두 거짓말이다.

오늘 갑자기 나란 존재가 무엇인지 혼란스러운 사람에게

✱ 어느 오후 스쳐지나는 바람이 들려주는 이야기

우리가 아는 것은 대부분 기억하는 것, 흉내 내는 것뿐이다.
아무것도 확실히 아는 것도 없이, 흉내만 내다 생을 마감하기 쉽다.
[모르면, 모른다]하고 새롭게 습득해야 한다.
모르면서 아는 척 살아가면, 삶은 온통 허위로 가득 찬다.

모름을 알아야 앎으로의 여정을 시작할 수 있다.
알기 위한 첫걸음은 모름을 인정하는 것이다.

온통 허위로 가득한 세상 속에서 자신이 틀렸다는 것을 알기도 쉽지 않다.
그러므로 허위가 아닌 것들을 찾아, 그들을 천천히 보면서
자신의 허위를 발견해야 한다. 이 또한 쉽지 않다.
그리고 그보다 더 어려운 것은, 그것을 스스로 인정하는 일이다.
모름을 인정하면 마치 생이 무너지는 것으로 오인하고 있기 때문이다.

우리가 도약할 수 있는 비방은 지금까지의 지식을 모두 잊는 것이다.
그러면 어디선가 새로운 존재가 드러난다.

자신에 대해 무엇을 알고 있는가.
무엇을 좋아하는지, 무엇을 싫어하는지,
그것이 당신인가.
자신에 대해 무엇을 알고 있는가.
과거 무엇을 해 왔고, 앞으로 무엇을 할지,
그것이 당신인가.
자신에 대해 무엇을 알고 있는가.
내 이름은 무엇이고, 내 직업은 무엇인가.
그것이 당신인가.

우리가 도약할 수 있는 비밀의 열쇠는 지금까지의 지식을 모두 잊는 것이다.

13. 존재는 무엇을 통해 인식되는가

✲ 오래된 거짓말

존재는 감각적 경험으로 인식되는 것이다.
언제나 본 것, 들은 것, 만진 것이 진실에 가깝다.

이를 조금 자랑스럽게 이야기하지만
오히려 이것이 진리에의 접근을 방해한다.
착각하기 쉬운 거짓이다.

✽ 어느 오후 스쳐지나는 바람이 들려주는 이야기

우리가 본 것은 보통, 우리가 보고 싶은 것을 본 것일 뿐이다.
이는 누군가 열 명이 [나]에 대해 이야기해도
그것들이 모두 [나]에 대해 [진실을 이야기하고 있지 않은] 이유이다.

존재에 대한 인식은, 내가 본 것이 아니라
존재가 이야기하는 것이어야 한다.
이를 모르면 진실로부터 자꾸 멀어진다.

세상의 중심은 [나]이지만, 그렇다고 감각적 나는 아니다.
우리가 무엇을 그리도 잘 알겠는가.
존재는 감각이 아니라, 존재 자체와의 교감을 통해서 인식된다.
붉은 장미가 감각되지 않으면, 우리에게 어떻게 인식되는가.
태어날 때부터 시각이 없는 자에게 붉은 장미의 [붉음]이 거짓이듯
그 향기, 그 부드러움, 모두 의미 없는 거짓이다.
이렇게, 육체로 감각한 것을 존재에 대한 인식으로 오인한다.
우리는 자꾸 거짓말쟁이가 되어 가기 쉽다.

내 감각과 생각이 아닌, 존재가 하는 말을 차분히 들으면,
지금까지와는 전혀 다른 숨겨진 세상이 드러난다.

오늘 갑자기 나란 존재가 무엇인지 혼란스러운 사람에게

존재가 혼란스러운 것은

보고, 듣고, 만지고, 생각한 것으로 그것을 알려 하기 때문이다.

존재는 보이지도, 들리지도, 만져지지도 생각되지도 않는 그 무엇이다.

존재는 보고 있는 것. 듣고 있는 것, 만지고 있는 것, 생각하고 있는 것을

인식하는 그 무엇이다.

나를 보고 있는 나, 나를 듣고 있는 나, 나를 만지고 있는 나, 나를 생각하고 있는 나,

나의 '또 다른 나'가 나이다.

우리는 자꾸 거짓말쟁이가 되어 가기 쉽다.

14. 우리는 존재를 버릴 용기가 있는가

✻ 오래된 거짓말

존재를 잃으면 가지고 있는 모든 것을 잃는다.
무슨 수를 써서라도 존재만큼은 가능한 보존해야 한다.

이는 굴욕의 시간도 그만한 가치가 충분히 있다고 생각하게 한다.
물론, 거짓이다.

✱ 어느 오후 스쳐지나는 바람이 들려주는 이야기

모든 일에는 때가 있다.
존재를 버리는 일도 마찬가지이다.
때가 되면, 버리는 것이 더 많이 잃지 않는 방법이다.

처음부터 갖지 않았더라면 버리는 어려움도 없었을 것이다.
그러나 이미 가졌다면 하루하루 조금씩 버리는 것이 좋다.

더 이상 버릴 것이 없다면, 비로소 용기를 가질 수 있다.
용기 있는 자만이 진실을 소유하고, 말할 수 있다.
그렇지 않다면 아무리 이야기해도, 어차피 사람들은 믿어 주지 않는다.
존재를 잃는다고 모든 것을 잃는 것은 아니다. 그렇게 두려워할 것 없다.
존재만 버리면 세상은 갑자기 변한다.

우리가 비겁한 이유는 존재 때문이다.
어쩔 수 없는 부분도 있지만
그래도 최선을 다해 그에게서 벗어나려는 삶을 권한다.

존재를
한꺼번에 버리려 하면
두렵고 어렵겠지만
하루하루 조금씩 버리면
그럭저럭 견딜 만 할 수도 있다.
존재는 절대 한 덩어리는 아니다.

이미 가졌다면 하루하루 조금씩 버리는 것이 좋다.

15. 존재는 우리에게 무엇을 주는가

✤ 오래된 거짓말

존재는 평온에 대한 희망을 줄 것이다.
오랫동안 그렇게 기대해 왔다.

그러나 이 모든 것이 어느 날, 작은 바람(風)으로 무너져 내린다.
오래된 거짓이다.

오늘 갑자기 나란 존재가 무엇인지 혼란스러운 사람에게

✻ 어느 오후 스쳐지나는 바람이 들려주는 이야기

우리에게 평온을 주는 것은 존재가 아니다.
존재는 무력하다.
모든 실존적 힘은 시간에 무방비이다.
그것은 우리 이미 알고 있지 않은가.

평온은 존재와 존재를 연결하는 따뜻한 마음에 기인한다.
따뜻함은 세상의 차가움을 뚫고 우리에게 진실을 전한다.

사람을 움직이고 세상을 감동하게 하는 것은 따뜻한 마음뿐이다.
지금은 슬프고 비참하더라도 그것을 잃지 않는다면
세상 누구보다도 사람을 움직일 힘을 가질 수 있다.
그 슬픔이 깊을수록, 그 따뜻함은 더욱 강력한 힘으로
자신과 사람을 움직일 것이다.

평온에 대한 진실은 따뜻함이다.
누군가의 말이 차갑다면 그것은 진실은 아니다.
존재도 우리에게 정다움을 준다.

오늘 갑자기 나란 존재가 무엇인지 혼란스러운 사람에게

존재는 평온을 주는 듯하지만
두려움의 불씨를 품고 있다.
작은 바람에도 불타오를 것이다.
평온은 두려움이 없는 상태이다.
만일 두려워하지 않아도 되는 존재를 내가 가진다면
그것이 의심할 바 없는 진짜 나이다.

평온은 존재와 존재를 연결하는 따뜻한 마음에 기인한다.

16. 존재는 불변인가 항변인가

✲ 오래된 거짓말

존재의 가치는 그 불변성에 있다.
'변하지 않음'의 매력이 우리 인생을 관통한다.

그러나 실제로 우리는 하루도 변하지 않고 지나가는 날이 없다.
터무니없는 거짓말이다.

16. 존재는 불변인가 항변인가

✻ 어느 오후 스쳐지나는 바람이 들려주는 이야기

존재는 원래 변하는 것이다.
불변이라면 그것은 존재가 아니라, 관념일 뿐이다.
우리는 관념 속에서 사는 것이 아니라 실존 속에서 움직이고 있다.

항변(恒變) 속에 존재의 비밀이 숨어 있다.
가장하고 있는지 모르지만, 우리는 이미 스스로 변화하고 있다.

고상하고 안락한 모습을 꿈에 그리고 있다면
지금, 비천하고 힘에 겨운 자신을 각오해야 한다.
깨끗한 그릇은 그것을 씻기 위한 더러움을 각오해야 얻을 수 있다.
희생 없이 깨끗한 그릇을 원한다면
자신을 사기꾼이나 멍청이라고 생각하면 된다.
우리는 매일 더러워지고 매일 깨끗해진다.
[변치 않음]을 자랑했다면, 하루빨리 생각을 바꾸어야 할 것이다.
변하지 않으면, 곧 독선적 바보가 될 것이다.

감정도, 생각도, 철학도 변한다.
같은 생각을 오랫동안 견지하는 사람의 책은 한 권으로 충분하다.

오늘 갑자기 나란 존재가 무엇인지 혼란스러운 사람에게

무슨 말인가.
내가 변하다니.
무슨 말인가.
내가 변하지 않는다니.
무엇을 믿느냐가 우리 인생을 결정한다.
조금 더 정확히 이야기하면
우리 마지막 순간을 결정한다.

항변(恒變) 속에 존재의 비밀이 숨어 있다.

17. 존재는 가능인가 불가능인가

✲ 오래된 거짓말

존재는 우리에게 무한한 '가능'을 준다.
그 '가능' 속에서 즐겁기도, 희망을 품기도 한다.

그러나 바로 그 '가능'이 우리를 억압한다.
이를 아는 데, 오래 걸리지 않는다.
보통, 불혹까지의 거짓이다.

오늘 갑자기 나란 존재가 무엇인지 혼란스러운 사람에게

✻ 어느 오후 스쳐지나는 바람이 들려주는 이야기

대지 위에서 자유롭게 거닐고 있는 우리는
그 대지가 바로, 우리의 자유를 억압함을 잘 알지 못한다.

영원히 지표면을 자유롭게 떠돌 수는 있겠지만
우리는 결국 그곳을 벗어날 수 없다.

존재도 동일하다.
존재 속에서 자유를 찾으면 결국 그 속에 갇힌다.
몇 번이라도 말하겠지만
하루빨리, 무거운 존재에서 벗어나는 것 외에는
자유롭기 위한 다른 대안이 없다.

존재는 너무도 변덕스럽고 제한적이다.
게다가 '가능'을 달성도 하기 전에 새로운 '가능'을 원한다.

존재로부터
원하는 것, 가능한 것을 추구하는 사람은
그 존재 속에서
절망하고, 파괴하는 자신을 발견할 것이다.
존재의 특성은
불가능이다.

지표면을 자유롭게 떠돌 수는 있겠지만 우리는 결국 그곳을 벗어날 수 없다.

18. 존재는 누가 창조하는가

✲ 오래된 거짓말

존재의 탄생은 우리 힘의 영역 밖이다.
내 의지와 무관하게 나는 탄생하고, 타자(他者) 또한 그렇게 탄생한다.

이는 영원히 넘지 못할 운명이라고 생각하겠지만
사실 꼭 그렇지만은 않다.
거짓이다.

오늘 갑자기 나란 존재가 무엇인지 혼란스러운 사람에게

18. 존재는 누가 창조하는가

✻ 어느 오후 스쳐지나는 바람이 들려주는 이야기

내 존재는 내가 탄생시키는 것이며
타자의 존재 또한 내가 탄생시키는 것이다.
다정한 친구, 존경스런 스승, 고마운 부모, 사랑스러운 아이, 정다운 사람.
수식이 붙는 존재는 모두 우리가 탄생시킨 것이다.
수식이 붙지 않는 존재는 어차피 우리에게 별 의미 없다.

그들을, 우리 마음대로 탄생시키기도 하고 죽이기도 한다.
우리 또한 누군가에 의해 그렇게 탄생하고 죽임을 당할 것이다.

만일 내 존재를 내 손처럼 마음대로 할 수 있다면 이 세상은 달라질 것이다.
그것을 마음대로 할 수 없게 하는 것은 다름 아닌 내 마음이다.
그것을 잘 다스리면, 타자는 스스로 무릎을 꿇을 것이고
반대로 타자부터 다스리려 한다면, 결국 무릎 꿇는 것은 자신일 것이다.
내가 만든 타자를 굳이 무릎 꿇릴 필요도 없다.

우리는 신이 했던 것과 크게 다르지 않은 창조를 매일 지속하고 있다.

오늘 갑자기 나란 존재가 무엇인지 혼란스러운 사람에게

나는 스스로 천 가지 존재를 새롭게 탄생시키고
나는 누군가에 의해 천 가지 존재로 새롭게 탄생한다.
나는 누군가를 만들고, 그는 나를 다시 만든다.
하루하루 천지창조의 연속이다.

오늘 갑자기 나란 존재가 무엇인지 혼란스러운 사람에게

내가 만든 타자(他者)를 굳이 무릎 꿇릴 필요 없다.

19. 존재는 불행의 근원인가, 행복의 근원인가

✽ 오래된 거짓말

어떤 날, 존재의 불행을 예고하고
다른 날, 그 불행을 원망한다.
시간이 지나면 존재는 결국 불행의 원인이라고 생각할 수밖에 없다.

그러나 행복을 불러오고 불행을 제거해 주는 것도 존재이다.
자꾸, 존재를 불행과 연관시키는 것은 오래된 거짓이다.

✻ 어느 오후 스쳐지나는 바람이 들려주는 이야기

존재를 축복의 원인으로 생각할 수 없지만
존재를 불행의 원인이라고 생각할 필요도 없다.

우리 존재는 보고 듣고 감각하는 기능을 가진 고깃덩어리일 뿐이다.
고깃덩어리가 보여 주고 들려주기까지 한다면, 대단한 축복이지 않은가.

인간의 통합 사유는 대부분의 물적 존재에서 불가능한, 굉장한 일이다.
존재로부터 많은 것을 바라지만 않는다면
존재는 삶의 최대 축복이 될 것이다.
그러나 존재를 통해 너무 많은 것을 탐욕스럽게 성취하려 한다면
그 고깃덩어리는 불행의 원인이 된다.
바람(望)의 대소로, 행복과 불행은 의외로 간단히 변화되고 또 결정된다.
수도승이나 사제 같은 극단적 절제가 아니더라도, 조금으로 충분하다.

무언가 큰 것을 이룰 수도 있지만 그렇지 않다고 풀 죽을 필요 없다.
단언컨대 둘은 별 차이 없다.
얼굴 들어도 된다.

존재는 행복의 근원이다.
이는 바람(望)의 정도로 결정된다.
나는 불행할 수도, 행복할 수도 있다.
하지만 존재는 행복의 근원이다.
존재는 영원하기 때문이다.
우주의 시간 만큼 지속하지 않는다면
그것은 존재가 아니다.

코깃덩어리가 보여 주고 들려주기까지 한다면, 대단한 축복이지 않은가.

20. 우리는 실제 존재를 위한 이야기를 듣는가

✲ 오래된 거짓말

우리는 존재를 위한 교훈과 잠언들을 항상 듣고 생각하고 있다.
잠들 때까지 끊임없이.

그렇다면, 우리는 벌써 완전한 존재가 되어야 했다.
거짓이다.

✲ 어느 오후 스쳐지나는 바람이 들려주는 이야기

내가 대화한 것은 내 존재가 아니라, 타자에게 보이기 위한 자아이다.
열심히 지식을 탐구하고, 명예와 부를 축적하려 하지만
이 모든 것이 [나]를 위한 것으로는 생각하기 힘들다.

우리가 하는 일은 대부분, [그럴듯한 나]를 위한 것들뿐이다.
그냥 [나]를 위한다면 그렇게 힘들게 할 것 없기 때문이다.

일이 아주 힘들다면 그것은 이미 [나]를 희생하는 것이다.
[그럴듯한 나]는 결국 [나]를 위해 아무것도 해 주지 않는다.
[나]는 한순간의 존재가 아니라 그것이 허락하는 모든 시간 구간을 포함한다.
그 시간을 모두, 하나하나 소중하게 만들어 주는 것이
[나]를 위한 유일한 방법이다.
미래를 위해 현재를 희생하는 [도덕적인] 버릇이 들면
결국 죽음을 위해 자신의 모든 것을 희생할 것이다.
그리고 어느 날, 초라한 자신을 발견할 것이다.

그럴듯한 우리를 만들기 위해서는 존재의 소리에 귀를 막아야 한다.
하지만 그는 그럴듯한 것을 좋아하지 않는다.

우리가 존재에 대해 듣는 것은
대부분 거짓이다.
전부 나를 힘들게 하는 것들뿐이기 때문이다.
그런데, 바보가 아닌 한
그럴 리가 없지 않은가.
진짜 나를 위한 것이 무엇인지를
스스로 발견하라.

우리가 하는 일은 대부분, 내가 아닌 [그럴듯한 나]를 위한 것들뿐이다.

오늘 갑자기 나란 존재가 무엇인지 혼란스러운 사람에게
어느 오후 스쳐지나는 바람이 들려주는 이야기

✻ 오늘 갑자기 나란 존재가 무엇인지 혼란스러운 사람에게

어느 오후 스쳐지나는 바람이 들려주는 이야기

1

오늘, 사랑에 빠져 가슴 설레는 사람에게
어느 오후 스쳐지나는 바람이 들려주는 이야기

1. 사랑의 진정한 가치는 무엇인가 2. 사랑은 열정적이어야 하는가
3. 사랑의 묘약은 어디에 있는가 4. 사랑은 진리를 달성하게 하는가
5. 비밀은 사랑을 깨뜨리는가 6. 사랑은 공유하는 것인가
7. 사랑은 오랫동안 지속될 수 있는가 8. 사랑의 기술은 무엇인가
9. 사랑은 조건이 필요 없는가 10. 사랑은 아름다워야 하는가
11. 사랑은 주는 것인가 12. 사랑은 어떤 향기가 나는가
13. 사랑은 시간과 함께 쇠퇴하는가 14. 사랑을 위한 주의사항은 무엇인가
15. 사랑은 그렇게 즐거운 것인가 16. 사랑의 제 1 규칙은 무엇인가
17. 사랑은 징표를 남기는가 18. 사랑은 편안한 것인가
19. 사랑은 희생을 전제로 하는가 20. 사랑은 감성인가 이성인가

2

오늘, 자신이 자유롭지 못하다고 생각하는 사람에게
어느 오후 스쳐지나는 바람이 들려주는 이야기

1. 우리는 진정으로 자유로울 수 있는가 2. 자유는 투쟁하여 얻을 수 있는 것인가
3. 자유를 위해 필요한 것은 무엇인가 4. 우리는 정말 자유에 도달할 수 있는가
5. 자유로워 지려고 하는 이유는 무엇인가 6. 자유란 무엇인가
7. 자유를 위한 희생양은 누구인가 8. 우리는 자유롭고 또 편안할 수 있는가
9. 자유는 어디까지 해줄 수 있는가 10. 우리는 언제 자유로운가
11.자유로울 수 있는 조건은 무엇인가 12. 자유로운 시기는 언제인가
13. 우리는 자유에 대하여 무엇을 배우는가 14. 우리는 항상 자유로울 수 있는가
15. 이제, 자유의 억압 시대는 지나갔는가 16. 자유는 무엇을 주는가
17. 자유에 도달하는 비밀의 문은 있는가 18. 우리는 자유를 누릴만한가
19. 자유, 우리가 부끄러워해야 할 것은 무엇인가 20. 우리, 정말 자유를 원하는가

3

오늘, 세상의 부정의와 부도덕에 눈물짓는 사람에게
어느 오후 스쳐지나는 바람이 들려주는 이야기

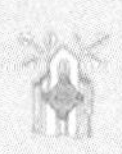

4

오늘, 자신의 무력함에 좌절하는 사람에게
어느 오후 스쳐지나는 바람이 들려주는 이야기

5

오늘 갑자기 신이 원망스러운 사람에게
어느 오후 스쳐지나는 바람이 들려주는 이야기

6

오늘 갑자기 나란 존재가 무엇인지 혼란스러운 사람에게
어느 오후 스쳐지나는 바람이 들려주는 이야기

7

오늘, 무엇이 옳은 것인지 흔들리는 사람에게 어느 오후 스쳐지나는 바람이 들려주는 이야기

8

오늘, 세상의 불공정함으로 슬퍼하는 사람에게 어느 오후 스쳐지나는 바람이 들려주는 이야기

9

오늘, 죽음의 두려움이 밀려오는 사람에게
어느 오후 스쳐지나는 바람이 들려주는 이야기

1. 죽음을 연극하다　2. 죽음은 언제 시작하는가
3. 죽음의 범위는 어디까지인가　4. 죽음은 두려운 것인가
5. 죽음에 이르게 하는 것　6. 죽음을 피하기 위한 방황
7. 삶과 죽음의 경계는 어디에 있는가　8. 죽음이 부를 때 무엇을 해야 하는가
9. 죽음의 실체는 무엇인가　10. 죽음을 위한 연습이 필요한가
11. 죽음의 위력 앞에 무엇을 할 수 있는가　12. 우리는 죽음을 고귀하게 맞을 수 있는가
13. 죽음의 공포는 극복 가능한가　14. 죽음에 어떤 비밀이 있는가
15. 죽음과 이성은 서로 모순인가　16. 죽음은 어떤 가치를 가지는가
17. 죽음으로 잃는 것과 얻는 것은 무엇인가　18. 죽음의 비밀에 설레는가
19. 죽음이 변화시키는 것은 무엇인가　20. 죽음은 어떻게 시작되는가

10

오늘, 견디기 힘든 하루를 보낸 사람에게
어느 오후 스쳐지나는 바람이 들려주는 이야기

1. 비극적 확신　2. 삶의 혼동과 무질서
3. 예정된 삶의 위험성　4. 우아함의 소유
5. 우아한 자들의 악취　6. 예술적 관조의 공과
7. 의지의 분열　8. 의지 분열로부터의 출구
9. 나에 대한 오류　10. 어지러움
11. 억압의 수단　12. 위장된 도덕과 절대적 도덕
13. 파괴적 지식　14. 파멸의 징후
15. 삶의 오류에의 저항　16. 창조적 힘
17. 은밀한 의도　18. 철학적 사유의 빈곤함
19. 삶의 목적　20. 사람들의 소음

11

오늘 갑자기 내가 왜 사는지 의문이 드는 사람에게
어느 오후 스쳐지나는 바람이 들려주는 이야기

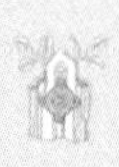

12

오늘, 새로운 나를 만들려 시도하는 사람에게
어느 오후 스쳐지나는 바람이 들려주는 이야기

13

오늘 하루 종일 편안함이 그리웠던 사람에게
어느 오후 스쳐지나는 바람이 들려주는 이야기

1. 철학자들의 비밀 노트　2. 쾌활성과 명랑성
3. 명랑함의 표식　4. 젊음의 본질
5. 새로운 가치　6. 회복력과 항상성
7. 사유 통합에의 의지　8. 소극적 자유와 적극적 자유
9. 적극적 자유에의 방해물　10. 문명의 발전과 인간의 겸손
11. 시간으로부터 자유로운 존재　12. 절대 존재의 탐구
13. 연약한 철학　14. 위대한 철학의 탄생
15. 미(美)의 본질　16. 미의 세가지 원리
17. 위대한 정신의 탄생　18. 침묵의 효용
19. 시끄러운 침묵　20. 인식의 투명성

14

오늘, 세상에 대해 숨이 막힐듯한 답답함을 느끼는 사람에게
어느 오후 스쳐지나는 바람이 들려주는 이야기

1. 시간의 작용　2. 시간의 세가지 본질
3. 시간 유한성으로부터의 탈출　4. 시간의 1차, 2차 독립: 시간의 인식론적 사유
5. 시간의 무화(無化)와 존재의 불확실성(不確實性)　6. 변화 공간의 피안(彼岸)
7. 시간사유철학 (時間思惟哲學)　8. 시간과 존재의 역류(逆流)
9. 인식공간(認識空間)과 그 특성　10. 존재와 인식 공간
11. 인식 방정식　12. 통일 인식 공간
13. 사유의 범람과 새로운 질서　14. 새로운 질서로의 길
15. 억압으로부터의 자유　16. 억압적 질서의 해체를 위한 시도
17. 무질서(無秩序)의 자유정신(自由精神)을 위하여

15

오늘 아무것도 결정하지 못하고 밤을 맞은 사람에게
어느 오후 스쳐지나는 바람이 들려주는 이야기

16

오늘 하루 종일 다른 사람 따라 하다 지쳐버린 사람에게
어느 오후 스쳐지나는 바람이 들려주는 이야기

17

오늘, 이 생각 저 생각에 잠 못 드는 사람에게
어느 오후 스쳐지나는 바람이 들려주는 이야기

1. 지식의 공과　2. 진리에의 길　3. 자연스러움과 편안함
4. 알지 못하는 것들　5. 미래의 즐거움　6. 즐거운 삶
7. 즐거운 외로움　8. 목마름과 철학　9. 사려 깊음
10. 꽃을 보며 봄을 깨닫다　11. 삶의 세가지 즐거움　12. 바로 보지 못하는 것들
13. 선택 받는 소수　14. 과거를 창조함　15. 타자(他者)의 아픔
16. 최대의 적　17. 생각을 멈추다　18. 실패의 이유
19. 즐거움의 실제적 의미　20. 철학의 모순에 대한 책임　21. 공간적 사유
22. 삶의 평온함　23. 타인의 자유　24. 멈춤 그리고 천천히 봄
25. 존재의 수레 바퀴　26. 어둠에서 벗어나는 법　27. 끊임없는 자신을 향한 탐구 그리고 진리
28. 나이 듦에 대한 고찰　29. 침묵하는 다수　30. 실존과 투쟁
31. 숭고한 삶을 향한 모험

18

오늘, 약자의 우울에서 벗어나 편안해지고 싶은 사람에게
어느 오후 스쳐지나는 바람이 들려주는 이야기

1. 초라함　2. 아름다움　3. 설렘　4. 욕망
5. 혼돈　6. 불안　7. 흔들림　8. 중압
9. 자기 모순　10. 슬픔　11. 격정　12. 순수
13. 허무　14. 상심　15. 만족　16. 불일치
17. 외로움　18. 느낌　19. 고갈　20. 변심
21. 감성 대립　22. 비겁　23. 감성 나침반　24. 휴식
25. 감성 존재　26. 무력 (無力)　27. 불안의 이유　28. 망각을 위한 연습
29. 감정과 감성　30. 경멸　31. 인내　32. 불확실성
33. 희생　34. 자신답게 그리고 인간답게　35. 흐릿함　36. 조화

19

오늘, 자기 감정을 차분히 조절하고 싶은 사람에게
어느 오후 스쳐지나는 바람이 들려주는 이야기

1. 감성에서 타자(他者)의 역할 2. 감성의 지속 시간 3. 경이로움 4. 감성의 격류
5. 감성 기준 6. 감성 준비 7. 감성을 위한 연습 8. 치장
9. 감성적 시야 10. 그리움 11. 호기심 12. 호의
13. 친구 14. 시인들의 무덤 15. 감성적 설득법 16. 변명
17. 시기심 18. 우아함 19. 휴식의 유용성 20. 정신적 사기꾼
21. 변화에 대한 오류 22. 거절당한 자들의 이기심 23. 미소 24. 감성적 오류
25. 숭고함 26. 착각 27. 걱정 28. 무관심
29. 젊음이 잘 할 수 없는 것들 30. 우정 31. 변심 32. 역설
33. 함께 휴식할 수 있는 자 34. 모방 35. 고립 36. 정다움

20

오늘, 어느 젊은 날의 여름 감성을 다시 찾고 싶은 사람에게
어느 오후 스쳐지나는 바람이 들려주는 이야기

1. 조용한 휴식 2. 바람의 느낌 3. 가슴 뜀 4. 아침 노을 후에 5. 초승달의 슬기로움 6. 만듦
7. 비 오는 여름 늦은 오후 시샘 8. 돌아봄 9. 시간의 피안(彼岸)에 서서 10. 오후의 수목(樹木)과의 동화(同化)
11. 서두르지 않음 12. 작은 마음 13. 부동의 부드러움 14. 서늘한 여름 저녁 노을 같이 15. 지침
16. 작은 돌 위의 빗방울 처럼 17. 어둠 18. 어느 여름 아침의 강인함 19. 회복 20. 변화 21. 기다림
22. 어지러움 23. 비굴 24. 고독 25. 평온 26. 이중성 27. 어떤 두근거림 28. 힘듦 그리고 즐거움
29. 드러남 30. 허무 31. 충만 32. 겹침 33. 가벼움 34. 나른함 35. 상심 36. 무지 그리고 두려움 37. 혼동
38. 따뜻함 39. 허위 40. 길을 잃은 듯한 느낌 41. 생성 42. 투명함 43. 동경 (憧憬) 44. 망각 45. 서성임
46. 위로 (慰勞) 47. 아득함 48. 안심 (安心) 49. 시선 50. 진리 51. 그리움 52. 차가운 아름다움 53. 기억
54. 시간 느낌 55. 나를 느낌 56. 공평 57. 무색 (無色) 58. 으스름함 59. 의문 60. 미덕 (美德)
61. 중독 62. 비밀 63. 오인 64. 순수 65. 뜨거움 66. 경쾌함 67. 망설임 68. 한가로움 69. 무이(無異)
70. 정다운 가슴 뜀 71. 무력 (無力) 72. 자유로움

21

오늘, 세상의 불공평함으로 삶에 자신이 없는 사람에게
어느 오후 스쳐지나는 바람이 들려주는 이야기

1. 평등을 위해서는 냉철한 분노가 필요하다
2. 서로 같아지면 득실도 없어진다
3. 나 혼자 자유로운 건 오히려 슬픈 일이다
4. 서로 같음에는 그럴만한 대상이 따로 있지 않다
5. 평등을 가장하면 행복도 가장한다
6. 우월함으로 허영적인 인간은 사실 가장 노예적이다
7. 누군가에 평등을 맡기느니 신에게 목숨을 맡기겠다
8. 평등을 가르칠 수 있는 자는 신만큼 가치 있는 자이다
9. 행동하지 않는 평등은 복종하는 것이다
10. 평등은 인간이 할 수 있는 가장 신적인 일이다
11. 신이 평등이 아니라 평등에의 의지만 준 것은 의도된 것이다

22

오늘, 생각대로 자유롭게 살 수 없음을 상심하는 사람에게
어느 오후 스쳐지나는 바람이 들려주는 이야기

1. 자유는 그것을 필연으로 만드는 자에게만 허락된다.
2. 자유는 가슴 뜀을 위해 불편함과 노동을 일부러 선택하는 것이다.
3. 자유는 아무것도 해주지 않지만 의지가 가미되면 마법이 시작된다.
4. 자유의 땅에 도착하기 어려운 것은 잘못된 표지판도 한몫한다.
5. 자유의 정도는 그 선택의 숫자에 비례한다.

23

오늘, 부조리와 부당함으로 세상을 원망하는 사람에게
어느 오후 스쳐지나는 바람이 들려주는 이야기

1. 정의를 위한 첫걸음은 정의로 가장한 자들을 찾아내는 것으로 시작한다.
2. 세상 모든 남을 정의롭게 하느니 세상 모든 나만 정의로워지면 된다.
3. 자기기만을 자꾸 하면 어느 날 깨어났을 때 벌레가 되어 있을 것이다.
4. 도덕은 깨어있는 정신의 공존적 행복에의 의지이다.

24

오늘, 무언가 이루지 못해 슬퍼하는 사람에게
어느 오후 스쳐지나는 바람이 들려주는 이야기

1. 국가를 위해 개인이 희생하는 나라 중 퇴락하지 않는 나라는 없다.
2. 국가의 최대 역할은 힘의 균형을 맞추는 것이다.
3. 권력은 자신이 무섭다고 생각하지만 사람들은 우습다고 생각한다.
4. 진정한 권력은 중력과 같이 아무것도 없어도 만물을 다스린다.
5. 부자는 돈이 많다는 것, 그것뿐이다.
6. 부의 작은 특권은 악마도 천사도 될 수 있다는 것이다.
7. 명예를 위해 살면 명예롭지 않다.

25

오늘 갑자기 세상이 무엇으로 이루어져 있는지 궁금한 사람에게 어느 오후 스쳐지나는 바람이 들려주는 이야기

1. 존재의 세계

1-1. 존재의 선형 세계 1-2. [반존재]의 선형 세계 1-3. 존재와 [반존재]의 선형 세계

2. 의지의 세계

2-1. 의지의 선형 세계 2-2. [반의지]의 선형 세계 2-3. 의지와 [반의지]의 선형 세계

3. 인식의 세계

3-1. 인식의 선형 세계 3-2. [반인식]의 선형 세계 3-3. 인식과 [반인식]의 선형 세계

26

오늘 갑자기 세상 일의 원리와 근원이 궁금한 사람에게 어느 오후 스쳐지나는 바람이 들려주는 이야기

1. 수평적 평면 세계

1-1. 존재와 의지의 평면 세계 1-2. 존재와 [반의지]의 평면 세계

1-3. [반존재]와 의지의 평면 세계 1-4. [반존재]와 [반의지]의 평면 세계

2. 수직적 평면 세계

2-1. 의지와 인식의 평면 세계 2-2. 의지와 [반인식]의 평면 세계

2-3. [반의지]와 인식의 평면 세계 2-4. [반의지]와 [반인식]의 평면 세계

2-5. 존재와 인식의 평면 세계 2-6. 존재와 [반인식]의 평면 세계

2-7. [반존재]와 인식의 평면 세계 2-8. [반존재]와 [반인식]의 평면 세계

27

오늘 갑자기 내가 모르는 숨겨진 다른 세상을 알고 싶은 사람에게 어느 오후 스쳐지나는 바람이 들려주는 이야기

1. 인식 세계

1-1. 존재-의지-인식 공간 세계

1-2. [반존재]-의지-인식 공간 세계

1-3. 존재-[반의지]-인식 공간 세계

1-4. [반존재]-[반의지]-인식 공간 세계

2. [반인식] 세계

2-1. 존재-의지-[반인식] 공간 세계

2-2. [반존재]-의지-[반인식] 공간 세계

2-3. 존재-[반의지]-[반인식] 공간 세계

2-4. [반존재]-[반의지]-[반인식] 공간 세계

여덟 개의 세상

28

오늘 갑자기 자신을 매력 있게 만들고 싶은 사람에게 어느 오후 스쳐지나는 바람이 들려주는 이야기

명예 / 순수함 / 매력 / 어둠 / 배움 / 진실 / 자기 만들기 / 고귀함 / 어제 / 굳건함
숭고함 / 목표 / 행동 / 창작 / 자존 / 무심 / 기만 / 과거 / 배우 / 설득
자기 세계 / 개별 진리 / 겸허 / 학자 / 교제 / 평온함 / 탁월함 / 다름 / 유연함
자기철학 / 방향(芳香) / 숙독 / 제3의 탄생 / 확고함 / 겸손 / 자기 형상화 / 독서 / 동화 / 용기
청빈 / 가난 / 견지(堅持) / 먼 꿈 / 명랑함 / 젊음 / 공평 / 자유 / 쟁취 / 가라앉힘
냉철함 / 강함 / 수용 / 호감 / 가르침 / 고독 / 타인 행복 / 죽음 / 평온함 사람을 목적함 / 무질서적 다양함

29

오늘 갑자기 무엇을 목표로 살아야 하는지 알고 싶은 사람에게
어느 오후 스쳐지나는 바람이 들려주는 이야기

휴식 / 시간 모우기 / 오류 / 단념 / 돌아보기 / 수정 / 변화 / 단순함 / 정리 / 평온함 / 기다림 / 자유 / 또 다른 탄생 / 냉철한 분노
타인을 위함 / 감동 주기 / 존중 / 길 찾기 / 나 찾기 / 나 만들기 / 바라지 않음 / 변함없음 / 물러섬 / 자기창조 / 자유 주기 / 나눔
두려워하지 않음 / 세상을 바꿈 / 여유로움 / 현명하지 않음 / 어리석음 / 무향 / 오감 / 고개 숙임 / 깊음 / 탓하지 않음
사람을 움직임 / 나를 봄 / 옅게 화장함 / 다투지 않음 / 낮은 곳에 위치함 / 불평하지 않음 / 너그러움 / 자유를 줌 / 달을 봄 / 강함
/눈을 뜸 / 독립 / 멀리 봄 / 나를 바꿈 / 무아 / 개별 의지 /소탈함 / 다르지 않음 / 동질감 / 멈추지 않음 / 선한 강자 / 행동
한가로움 / 독창성 / 감성 / 자기 통합 / 매일 아침을 얻음 / 따라 하지 않음 / 정진 / 공평 / 선구자 / 행복을 줌 / 기다림 / 인지
의지(意志) / 숭고함 / 감내 / 회귀 인식 / 구별 / 방향 / 평가 / 멈춤 / 순서 / 서두르지 않음 / 드러냄 / 판단 / 시인 / 자전거 / 믿음
신뢰 / 적은 욕심 / 너그러움 / 이행 / 겸허 / 기세 / 작은 깨우침 / 흘려 보냄 / 진실 / 편한 마음 / 득실 / 욕심 줄이기 / 진실 /
앎 / 걱정하지 않음 / 마음에 두지 않음 / 거절 / 외로움 / 받아들임 / 여행 / 연민 / 실체 / 예비 /성숙 / 고귀함 / 자숙 / 시선
여정 변경 / 그만두기 / 편안함 / 모르기 / 알기 / 선택 / 거미줄 끊기 / 역설 이해 / 아님 / 오후 산책 / 따뜻함 / 긍정 / 지관(止觀)
비판하지 않음 / 탈바꿈 / 성공 / 같이 감 / 다름 / 동등감 / 실증 / 평범함 이해 / 단정(斷定)하지 않음 / 친구 / 기억 / 수레 타기
시작 / 젊음 / 이해 / 마음 두둑함 / 다시 시작

30

오늘 갑자기 자신의 지식을 깊은 지혜로 바꾸고 싶은 사람에게
어느 오후 스쳐지나는 바람이 들려주는 이야기

미소 / 꿈 찾기 / 가난한 부자 / 많은 것을 봄 / 자기 것을 봄 / 설렘 / 만족 / 감성 / 겸허 / 설득 / 자기를 키움 / 밝음
인간적임 / 돌진 / 표출 / 소년 / 강자 / 오래된 자기 / 잃지 않음 / 약자 / 해독 / 나를 믿게 함 / 안도감 / 납득 / 자기 노출
가식 / 자기 채우기 / 변심 / 자격 / 솔직함 / 나침반 / 감성 / 비웃음 / 탈출 / 감성 확장 / 자존감 / 자존감 버리기
인내심 / 오늘 / 작아짐 / 철퇴 / 자신다움 / 상심 / 호감 / 사람 지향 / 그릇 키우기 / 오래 달리기 / 아침 감성 / 평상심
오랜 경험 만들기 / 약간의 꾸밈 / 그리움 / 직시 / 멀리 가지 않음 / 반론 / 내일 / 존경 / 멋짐 / 감성 휴식 / 미로 탈출
자기 탈출 / 거절 / 자기 불평 / 수긍 / 비난하지 않음 / 원점 / 무심 / 본받음 / 빚음 / 친밀 / 변덕 / 만남 / 인연 / 인지
공정함 / 기분 전환 / 우울 치유 / 시련 / 역동성 / 숭고함 / 운명 / 평정심 / 실패 / 무소유 / 절망 / 결정 / 부동심 / 밝음
절망하지 않음 / 회복 /지각 / 슬픔 / 굴욕 / 고독 / 즐거움 / 묵언 / 꿈 찾기 / 자기 지배 / 극대 / 허무함 / 가치 기준 / 분리
비상 / 수수함 / 무심 / 투시 / 창작 / 겨울 / 후회 / 신을 자기 편으로 함 / 방황 / 기다림 / 무색 / 균형 / 먼지 / 감내 / 재연
동반 / 희망 / 도피 / 관조 / 진실 / 존재 / 의연함 / 적절함 / 정결함 / 후각 / 기품 / 치유

31

오늘 갑자기 오랜 시간 후 내게 무엇이 남을지 궁금한 사람에게
어느 오후 스쳐지나는 바람이 들려주는 이야기

일상 / 침착함 / 매력 /유혹 / 멋진 인정 /내면 /진화 /거래 /자질 / 방향(放香) / 무향 / 빚음 / 지성 / 깊음 / 보존 / 감내
주고받음 / 맞섬 /무감각 / 냉철함 / 뺄셈 / 덧셈 / 나눗셈 / 곱셈 / 도전 / 현실 / 오늘 / 깨달음 / 부자유 / 자유 사용 / 권리
생각 / 채비 / 자격 / 아우름 / 식별 / 결의 /외면 / 목적 / 유효기간 연장 / 근원 인식 / 경계 / 분노 / 징벌 / 불손 / 기개 / 공격
비범 / 자태 / 삼감 / 온화함 / 정결 / 실제 달라짐/ 행복을 배움 / 기억 / 합당함 / 기원(起源) / 구충 / 일임(一任) / 불신
분별 / 자리 낮추기 / 우울 치료 / 복원 / 손익 / 점등 / 담력 / 깨어남 / 평범 / 회복 / 자존감 / 공유 / 증여 / 부자
바라지 않음 / 자족 / 쌓기 / 명예 / 의욕 / 역할 / 자격 / 자기 발견 / 개별의지 / 독립 / 자립 / 인간다움 / 배신하지 않음
만족 / 인지 / 용기 / 선악 / 용서 / 굳셈 / 염치 / 사람의 행복 / 부족 수긍 / 평상심 / 구제 / 길을 찾음/ 자기 창조 / 묶음
속도 맞춤 / 비슷함 / 발견 / 동류 / 무중력 / 조색(調色)/ 선함 / 결행 / 가린 것을 거둠/ 무념 / 회귀(回歸) / 문제 / 실재
온화함 / 역경 / 진화 / 벗어남 / 대상 창조 / 자각 / 수수함 / 눈사람 / 납득 / 무익 / 개별 행복/ 무난함 / 자존 / 오만 / 책
기백 / 파괴/ 평온 / 묵언 / 나/ 탈출 / 순서/ 소설/ 사소함/ 지혜 / 자유 / 손익 계산 / 우정 / 생명 무차별 / 공평 / 정체
인간적임/ 내실 / 존경 / 어른 / 후퇴 / 악마의 꿈 / 더 수월함 / 자존감 / 공평 / 권리 / 동질감 / 배우고 익힘 / 냉철함
비슷함 / 가장하지 않음 / 함께함 / 선함 / 결의 /용서 / 필연 / 타인 지향 / 점잖지 않음 / 복종 / 경작 / 부자유
행복한 목표 / 의지 / 산책 / 저항 / 탁월함 / 지성 / 목표 수정 / 인지 / 올바름 / 독립 / 거부 / 활용 / 달관/ 성공 / 교만
부자 / 궤적 / 결정 / 행복한 죽음 / 무아 / 마중 / 기억 만들기 / 몰두 / 마음 먹기 / 준비 / 둘러맴 / 마무리 / 삶

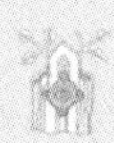

오늘 갑자기 나란 존재가 무엇인지 혼란스러운 사람에게
어느 오후 스쳐지나는 바람이 들려주는 이야기

개정판 ‖ 2021년 5월 1일
지은이 ‖ Friedlich
펴낸곳 ‖ 지성과문학
팩스 ‖ 031-935-0520
가격 ‖ 15,000원

ISBN 978-89-98392-57-4 (03810)

오늘 갑자기 나란 존재가 무엇인지 혼란스러운 사람에게
어느 오후 스쳐지나는 바람이 들려주는 이야기

나란 존재가 무엇인지 혼란스러운 사람을 위한 책